詩歌風景來對坐

我的城蔓延
你的掌紋

顧蕙倩

目錄

四、詩歌來對坐 176

五、附錄

推薦的話

趙慶華（國立臺灣文學館／助理研究員）

跨界．斜槓，每走一步都成詩

我很小的時候就認識她了，當然，那時候的我並不是那麼明白，看來婉約明亮的她，內裡其實恐怕有著不為人知的灰色騷動，有自成一格、遼闊靜謐的內在世界，也有某種孤寂決絕的深情。

N年來（不要問N是多少，很可怕），隨著年齡漸長，我好像逐漸成為可以與她對話的「大人」。許多次，我們或是散漫地對坐咖啡店，或是悠哉地穿行北投大街小巷，傾聽、分享彼此最隱晦幽微的心事。在她面前，我可以肆無忌憚、不須遮掩，因為詩人的心，總是悲憫地同情一切、理解一切。

同樣在這N年當中，我看著她一次又一次興味盎然地溢出既有軌道——套句當下流行用語，典型的「斜槓」，似乎一定要走完迷宮地圖上的所有路線，窮盡洪荒之力完成酸甜苦辣的體驗，才善罷干休。她打羽球、爬山、走古道、鑽研人文地景與歷史、寫歌詞、參加合唱團、擔任駐村作家、為前輩詩人寫傳記、描摹資深作家的生命地圖、用充滿創意的發想帶領學生進入文學殿堂……。我知道的其實有限，一定有那麼一張「族繁不及備載」的清單，註記她無邊無際的足跡，同時也是生活深度與廣度不斷擴展的明證。

神奇的是，無論做什麼、去哪裡，她總是把「詩」緊緊揣在心裡；我甚至有種怪異的感覺，她可能是我所見過，最愛詩的詩人了。因為「珍愛」且是「真愛」，多年來，她的詩作書寫一直維持著穩定的頻率與速度；無論是大島小島、山巔水湄、在空中飛還是地上走，即使是行往天涯海角的旅途，她都可以隨時拿出紙筆（或筆電、或手機？），將入目的風景、感懷、心緒，化為詩。於是，看著她傳來的《我的城蔓延　你的掌紋》書稿，我一邊驚呼：「哇，妳又要出詩集了」，一邊不禁好奇這個每天到處趴趴走的熟齡女文青到底從哪搜刮多餘的時間氣力寫詩？另一方面，卻也不免有種欣羨：用充滿詩意的眼光看世界、看人群、看天光與大地，所折射出的色彩與意象，是否在奇形怪狀中自有一股靈犀通透的粲然？

馬祖、金門、太麻里、大武、北海岸、龜山島、新美街、葫蘆巷……，這些日子以來，她在許多地方留下足跡，有時會在網路上讀到她的分享，有時則是面對面聽她訴說，她的頑童與探險之心，似乎與生俱來、永無休止，因此所到之處，總有窺探新風景的樂趣與開懷。所謂「我的城」，因而不受地界畛域的侷限，含融其獨特的時間觀照與空間輻奏，充滿躍動的生機與情感。更值得注意的是，由於幾年前與音樂人小實的合作，她開始特別關注詩行的音樂性與律動性，我相信在某種程度上這使她的詩往節奏性更強、抑揚更鮮明的方向走去，從而生發出可以吟、適合唱的新風貌。感謝當代科技的新穎奇巧，讓跨界變得比較容易，也讓顧顧這樣的詩人，有更多迴旋轉身的舞動空間。

她說，因為我們的交誼，所以找我寫幾句；所以，也不是很懂詩的我，就用這篇短短的文字，銘刻我們……嗯，N年來的情誼，是為祝福。

二〇一九年十二月十日

郭中荃（上海油罐當代藝術中心展覽專案經理）

來到這個陌生的城市，已經是三個月前。我的人生翻轉，重新開始。事情毀滅了，然後又從灰燼中慢慢長了出來。他離去以後，不管世上的哪個城市，都對我而言有些磕磕碰碰，即便是此地，雖在此前我已造訪了多次，現在卻像是被罰寫一百次的名字，到末尾，那些最親密的形體，都顯得奇異。

不過生活還是繼續著，曾經強烈的情緒，變得彷若是魔幻現實主義的繪畫，在回憶裡反覆播放的畫面，終究被掩入了心理幽深的角落裡。它們靜悄悄地發了芽，最終長成了一個隱晦不明的房間，裡頭瀰散夕陽臨別時那抹褐色的光，褪色發黃。

直到老師傳來了訊息，告訴我她要出書「我的城蔓延　你的掌紋」邀請寫序。忐忑地接下任務，心中其實一直想著要怎麼委託其詞。

才讀到「富春山居圖」：

流動的時間，該有
靜止的約定

忽然不能呼吸。這文字太簡單又太準確，那緊閉著的房間裡的空氣一瞬襲來，時間還有所有難以被化約又無法言說的東西，全都包入了三句天真而理所當然乃至彷若無邪孩童稚語質問般的斷言裡。

天知道，這個世界已過於複雜。

匆匆讀完，把檔案關上，我心想，這是本讓人無法細讀的書，特別是若心裡有一方陰暗柔軟的領土，那些文字能在各種不經意的時刻觸碰它，讓人難以承受。我不可能為它寫作。

隔天早晨，某君，傳來訊息，降落了城市。

這令我想起物理學的一個比喻：一隻蒼蠅降落在航空母艦上，並不會改變船的重量，因為實在過於太細微，於是在測量上可以省略不計。

然而此時我卻覺得這陌生人的來訪，搖動了整個大陸。

我知道我終究會哭。

腦海卻浮現她的詩：

我們就到這裡了

樹葉就到這裡
隨風飄落
古老的笑聲
就到這裡
回問最初
我們，就到這裡
唱歌　跳舞

我們唱歌、跳舞，為了詩，為了城市的失落與毀滅，為了閱讀、為了舊的笑與尚未到來的哭，為了從中被刺傷以及尋得的我們。

夜晚不要讀詩，傷痛時不要讀詩，迷失時不要讀詩，執迷時不要讀詩，渴望時不要讀詩，等待時不要讀詩。

特別是顧蕙倩的詩。

黃浩德（財團法人台北市開放空間文教基金會執行長）

從沒想過會有機會在一本詩集上寫推薦序。

幾年前，我跟顧顧只是兩個三十年不見的高中同學，同學會時，覺得她比我印象中活潑開朗了許多，直到受邀去參加了她與弟弟跨界合作的《好天氣，從不為誰停留》詩．攝影展，重新認識了這位同學……

與她的第一次合作，是邀請她到我在松菸一個小小藝文空間展出，與她的討論過程，是愉快的，充滿了想像空間，也激發了許多新的想法，除了結合詩文、攝影、裝置，我們還嘗試了以即興的音樂演奏，結合她的朗讀，帶觀眾進入了她的詩文……

第二次合作，我們跟另一位好朋友阿琛，共同發想了將詩文結合環境藝術，這回她帶著一群充滿熱情的年輕詩人，尋找松山菸廠的故事，在松菸迴廊的玻璃窗上，留下了一系列的窗景詩……

其實，我只是想說，她從來不會為自己設限，總是讓自己充滿好奇，願意去嘗試各種可能，而文字是她最好的朋友，總能細膩地傳達她每個當下的心思……

詩人，難免多愁善感，她的詩文中，經常可以感受到她淡淡的愁緒，有思念、有感慨，有憐惜⋯只是，我們也可以看到她淡淡的微笑，從來不是陷在悲苦之中。她的世界即便不是永遠都能有好天氣，也總是能捕捉到片刻的陽光，或煙雨濛濛的詩意⋯⋯

她是一位帶學生如待朋友的老師，是一位真誠溫暖的朋友，是一位勇於跨界嘗試的作家，是一位充滿感情的詩人！這就是我所認識的同學！

陳謙（詩人、國立臺北教育大學）

在城市裡踏查生命的輿圖，不斷深掘出土的，有記憶中沉澱的懷舊風情，更有屬於詩人專屬的號誌和速限。詩人顧蕙倩眼底的新興城市，醞藏著你我交集的悲喜，高歌或者感傷，這些，被形塑成海岸線、消波塊、以及更多的河口與海洋，文字內裡承載記錄的，不單單是詩人的情感，更是你我共同生活這城市，記憶的連結。

許仲琛（九份商圈執行長）

很喜歡顧顧的小名兔兔。我們看的是風景，她卻像隻兔子安安靜靜啄食這美麗化為美景故事的詩句。

五月，離開台北生活圈手拾一本隨身書跟隨，顧顧的「遍路臺北」是親情與鄉愁的思念。人生繼續北漂來到九份、金瓜石，邀請兔兔前來賞景，安排住宿在勸濟堂香客大樓住個幾天，但兔兔偷偷事先勘查後不敢進住，本以為詩人是享受孤獨的，原來兔兔也是會怕黑夜中的孤寂，手機拿來 google 就好。

很高興顧顧出了這本音樂與詩跨界的新書，帶本書旅行，紙本的溫度、舒適的音樂讓自己與自己心靈對話。

「我的城蔓延　你的掌紋」走進兔兔的果園，賞讀一簇簇的美。

小熊老師（林德俊）（詩人、文學教育工作者）

顧蕙倩的詩，語言是柔軟的，氣息是浪漫的，形式可以跨界，心念根植土地。若你站立在綠油油的草地上，請大聲朗讀出來，無論山谷是否環抱，都能有久久之迴盪；若你安坐於一家咖啡館，無論陽光是否從窗邊照看，一旦翻頁，一定有鳥語花香。

韋瑋（熊與貓咖啡書房主人）

認識蕙倩時，彼此已不年輕，但此刻讀《我的城蔓延　你的掌紋》，彷彿我們都年輕。她遍走各地，步伐青春藏情，詩心不曾老去；熊與貓冬日與蕙倩詩集相擁，有情相伴，點亮燈蕊，隨之前行，心情正如在〈雪色〉詩中所寫，「那些無人知曉的寂寞／隨時都要／消融」。

林秀赫（小說家、國立臺南大學）

古都的詩物語

詩集《我的城蔓延　你的掌紋》結合了豐富的跨界內容，新詩、攝影、歌曲、樂譜，各自發聲，相互輝映，進而彼此詮釋。顧蕙倩以創新跳躍的思考穿越時空，往返於現實生活與鏡框之間，為前輩詩人寫生，描繪出今昔世界的風采。我始終覺得，她詩裡的清晨特別令人著迷，那霧中流動的情意格外溫暖，以文字為舉目所見的景物灑上片片陽光，像甦醒的貓咪細細梳理生活的每一次越境。她的詩歌吟詠島嶼裡的山川小城任由音樂帶引情感走得更遠，輕輕觸動內心更深處的靈魂，一切如同詩人自序，所有感情都因詩歌而有跡可尋了。

蔡俊傑（《印刻文學生活誌》主編）

顧蕙倩的詩就好像水面上漫開的波紋，涵蓋物景表面，時不時停在某處，像飛鳥飛行中途暫歇輕握的腳爪，留下餘溫，留下形貌。她想前往的遠方，都劃有一條抵達的路線，而她的跨界意念，穿透影像和聲音，在聲光中構成更多的迴響，還有更完整的觀看，並記憶了更多，我曾在的時刻。

馬翊航（幼獅文藝主編）

顧老師的新作《我的城蔓延　你的掌紋》，打開詩集的物理空間，媒介細緩走動，視野裡生長野地、音樂，生命的光澤，收納時間的驚奇與彈跳。或者讓詩也變成植物：攀附，蔓延，共生，擁抱，根著與飄蓬，困疑與舒展。詩讓我們對坐，是給人，給地，給時間的訊息。開放與跨越的聲音是立體的，也是歸返的。遠行之後是靜，是語言內外深深的呼吸。

詩歌風景來對坐

——《我的城蔓延　你的掌紋》自序

跨界正風行，新詩是關鍵

這是一個隨時歡迎跨界的時代。

說起跨界，喜用科技以為新媒體，彷彿這是近幾年來才流行的藝術處女地。尤其是現代詩，時時欣然成為跨界合作的關鍵角色，詩人以精煉的語言與迷人的意象成為媒體的寵兒，引領人類走向更自我也更超我的精神境界，彷彿這一切跨界的無限可能，都與當代文明的前進息息相關。

殊不知現代詩人內心的波瀾起伏，與三千多年前行吟江畔的詩人，有著如出一轍的單純與悸動。只是竹簡換成了紙，鍵盤取代了紙，ＡＲ技術演化了鍵盤，增加了表情達意的工具，開發了更多的對話空間，唯詩心不變。

城市走讀，曲徑通幽

走在世界不同城市，現代化是這些城市共同的目標，交通網路順暢、資訊平台流通、人類文明顯而易見，然而，先人遺留的生活習慣、飽涵時間的文化底蘊卻是區隔這些城市的關鍵點。走在建城一百餘年的台北城，連結十線道的可能是百年水圳改建成的曲折巷弄，這座城、這座島嶼，到處都蔓延著迷人的歷史意象與生活節奏。讓人不禁想起台灣在數百年前滿山遍野都是鹿群，島嶼特有亞種的水鹿（Formosan sambar deer）棲息於中央山脈300~3,500公尺的山區林地中，早期平埔族人日常生活與鹿習習相關；如今在台灣的山野中已難得見到鹿群的蹤跡，惟現多已由人工圈飼飼養，與野生水鹿相遇的機率微乎其微。

本書分為「水鹿成群」、「我的城蔓延你的掌紋」、「穿過潮間帶」、「詩歌來對坐」四輯，文字與文字之間會有全彩與黑白的攝影作品。一如文明不得不孳生的城市，跨界造成了現代詩表現的多樣性，跨界也凸現著現代詩純粹獨特的意象性與音樂性。

輯一「水鹿成群」：自然、傳統與藝術的對話

「水鹿成群」一輯的詩強調與大自然、傳統藝術的對話，那是生命最初的觀看，顫抖悸動一如初遇的鹿群，以為對話關係，也是背離的矛盾，端看閱讀者如何連結。

輯二「我的城蔓延你的掌紋」：人際情感的匯流

「我的城蔓延你的掌紋」一輯的詩則來自人與人的感情交流，長成為獨立個體，勢必無法逃避這充滿邊際又沒有邊際的世界，蔓延的言語與背德的風景，也許是美麗的春花，也許是根植生命的新鮮掌紋，會長成一座什麼樣的城呢？

輯三「穿過潮間帶」：崩壞前詩的最後見證

「穿過潮間帶」帶你走過許多鑲嵌名字的土地，它們像潮間帶，位於歷史人文潮汐的絕對高潮和絕對低潮間，生物豐富多樣，是人類最易親近海洋的地方，同時，也是最易受到破壞的所在，幸有書寫，在崩壞前一一以詩錄存。

輯四「詩歌來對坐」：詞、曲或影像的對話

「詩歌來對坐」，收錄的詩詞都與音樂人完成詞、曲或影像的對話，這樣的關係一如對坐，彼此享受著距離的吸引力，也享受著對話的無限可能，與詩心彼此蔓延，也許侵略生根，也許輕撫如春陽。

跨界創作與教育實驗過程的併聯

書名取為《詩歌風景來對坐：我的城蔓延　你的掌紋》也投影著自己近幾年投

入跨界創作與教育的實驗過程。有時竄入古畫驚見現代生活的軌跡；有時手機鏡頭擷影日常，莫名滋生出下一首詩的最末句；有時寫成一首詩，交給音樂人譜曲，那蔓延開來的五線譜居然唱成了這首詩前世的掌紋。

從高中時代開始談戀愛，就喜歡在課堂寫詩（除了國文、歷史、地理），這也是一種靈魂跨界的演出，腦袋聽著講臺的祭司聲音，握筆寫著聲音穿腦而過的結繩知識，可是心情卻是現代詩分行意象的蒙太奇。整間教室，我的青春，一日日蔓延著詩的掌紋，逐漸繪成現代生命的城市雛型。那是一座城，像我所居住的臺北城，在現代詩尚未蔓延之前，一片蠻荒，蛇虺魍魎，沒有舊慣調查，也無所謂巷弄鄰里，直到有了詩，一如臺北開始有了路燈，有了自來水，更有了都市傳說，一切，因為詩，都有跡可尋了。

非常感謝小實、Mike、林育誼老師、高紹恩以美好的樂曲、影像與我對話。創作是沒有邊際的，這本詩集名為《詩歌風景來對坐：我的城蔓延　你的掌紋》，便是希望閱讀者也一起馳騁想像力，自由出入於藝術的領域，藉由現代詩與地景攝影、音樂創作的媒材跨界合作，感受這世界充滿無限對話的可能性。不論傳統與現代、西方與東方，或是道德與背德，透過意象的「蔓延」，不但體會創作者的對話空間如何展延，更能享受身為閱讀者以自身為城，連結藤蔓般的生命軌跡，再創作成一座座擁有異質掌紋的奇幻之城。

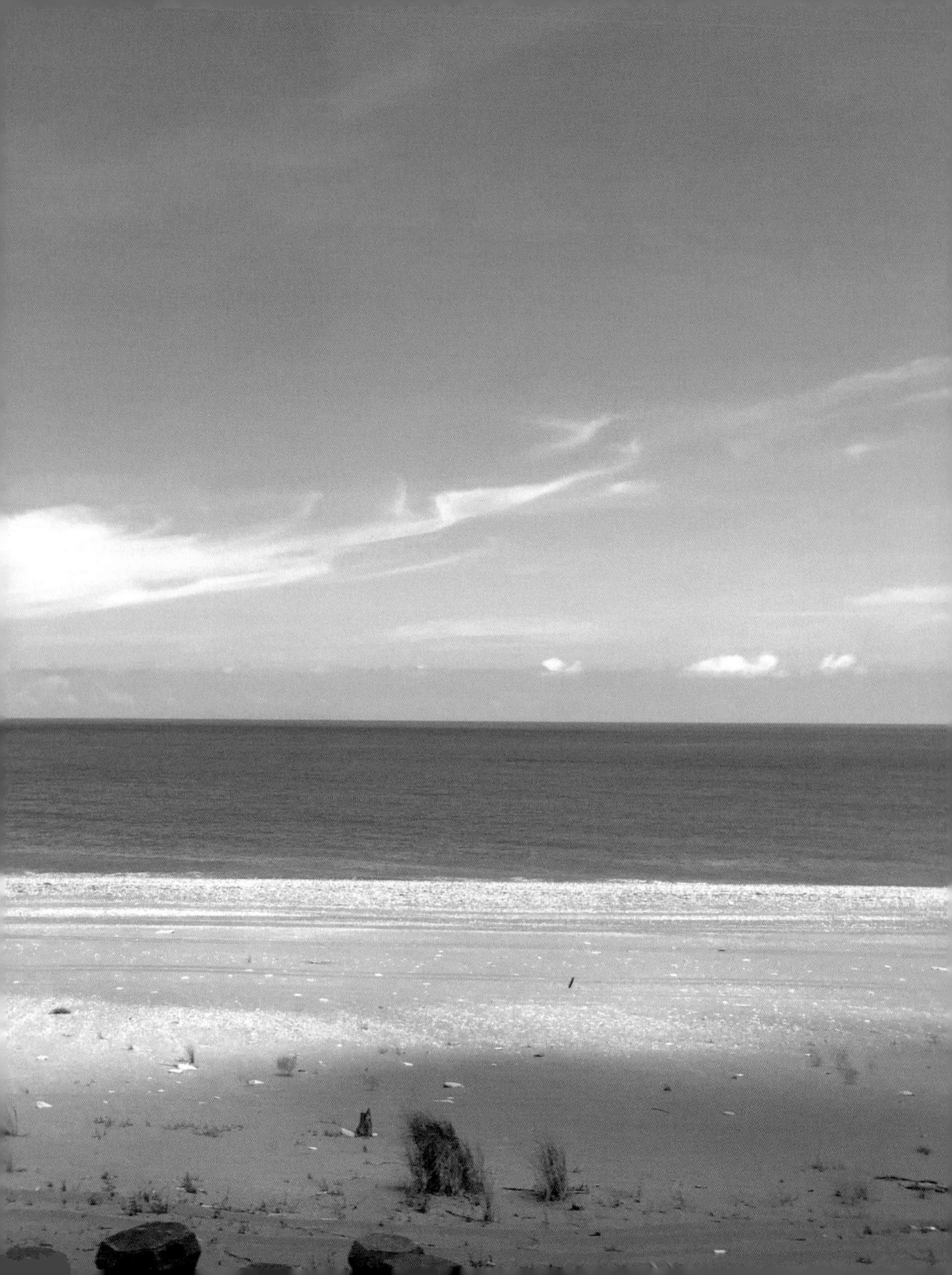

一、水鹿成群

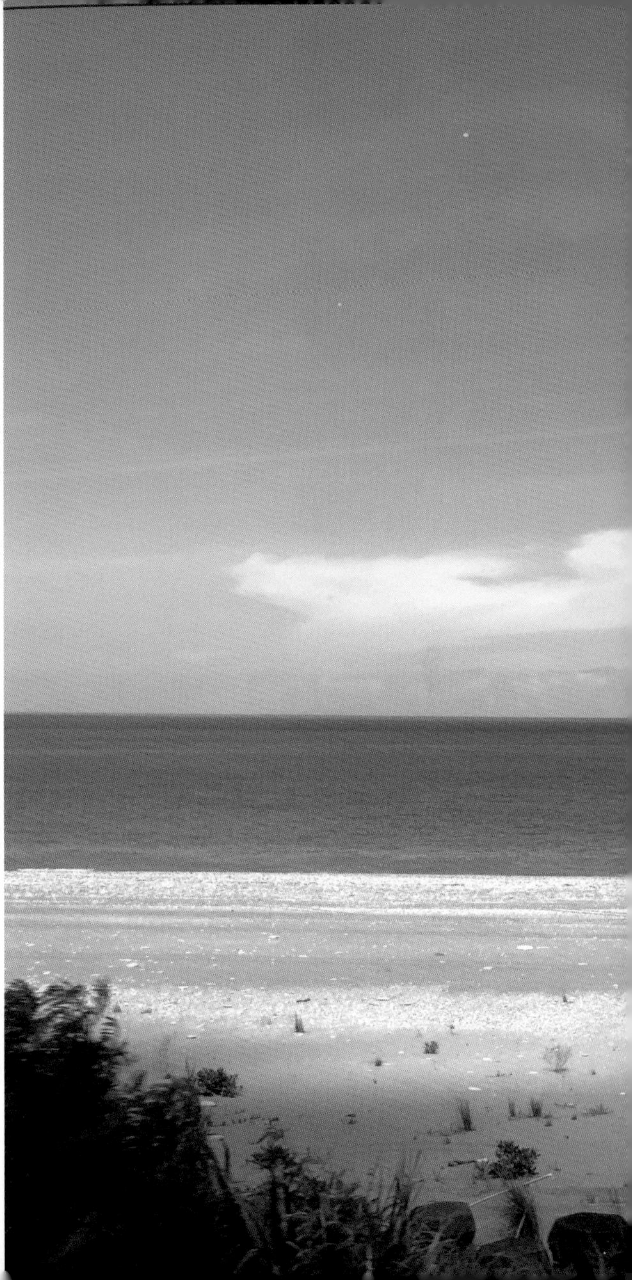

故事屋

小屋裏我們練習
說說母語
夢裏的詩句
樹葉的呼吸
海浪滔滔不絕的小秘密

回到故事的開始
隨時消逝的腳印
三兩個時間的意象
愛、寂寞與
光

還沒有習得的幾個字
海不曾談論的死亡
我們在小屋裏
一同書寫

星子
滿天

清明上河圖

一名城市人清晨醒來
昨晚的行道樹依然沒理由的精神抖擻
十份嫉妒所以也起身抖一抖
不想去早餐店充飢
一份吐司多少錢就讓他極度想起北國的雪花
飄零的落花

清晨一邊刷牙
你在我心裡多少分量，換算多少
我的晚餐熱量
你喜歡嗎昨天的電影結局這部喜劇讓人感覺
熟悉的想哭

互相取暖這麼簡單，一座城市說同一種語言
說起前天的故事卻怎麼也想不起來
城市太忙我想我們只要說一說愛你想你　需要你

清明節祖先活躍的清明午後
清明時節悲傷的日曆，不放假不計較
懷想，角落咖啡祭總會營造微調的灰藍光
過天橋過市街握手　聳肩和背離
寒暄
過了橋仍然必須做一名勇敢的城市人

一張大大的圖歡愉的春天許多城市人
河邊說起生活的瑣事
沒有多少機會創造歷史的一群人
卻同在一條河
創作一幅畫

富春山居圖

樹下。夢蝶
驚起一場午後大雷雨
盛夏如渴
孩提時奔跑的松樹林子
燃燒
整座藏書樓
時間輕煙升起
濃墨
點苔，山色沉重
讓我為你戴起斗笠
任記憶像蒸騰的水氣
四方渲染

隨行渡江如坐舟中。紙上
瞬間起霧，一場夢
灰黑的烏雲
舉目
驚醒，長卷遍地
烽火、饑荒、斷裂的身軀
無山無水的虛空，就要
燃燒眼裡的紙筆
搖槳，如何用一尾
釣竿？願做你的舟子，搖動
心中的山水

流動的時間，該有
靜止的約定

船過。驚起一片寒鴉
乘著亞熱帶的風，從富陽到桐廬
自庚寅到庚寅，三百年後渡海
恍惚來去這海上仙島
晨昏晦明全飄回你的宣紙。淺絳著色。
觀者
匆匆。無非是
江水悠悠

劫灰之後，洪荒之前
無非仍是水墨數張，七百公分的長卷
老朽之軀說這裡好，那船兒未必能理解

盛夏，總是有午後雷陣雨。盆地
仍有藍墨色的群鴉
四處流盪
太平洋的波光，悠閒的我
在群山巍巍的小小一角
為你划向河口與海洋
整個荒蕪燃燒的松樹林子，都在這裡
飄落記憶
夜行列車，靜靜穿過潮間帶
船過，一方山水
仍然陪著你
靜靜垂釣，小小約定

戲牛

挺立草地，以為
大山數座
溫柔月色輕輕撫摸
地表夷平
靜默
甘願為牛

郊原

城市邊緣的詩
星星開始相互靠近
愛的溫泉
最鮮艷的雨
震顫
噴發

離岸

一整個世界，偌大的寂寞
一隻夜鷺
我和一整個寂寞靜靜的站在水中央
你來岸邊
沒人會相信
我們的相遇

一整個婆娑世界
從來
連老子都說不清楚的一整個
道德
世界
一個小小的世界

一個我
你的眼裡

上善若水
一整個世界都是水都是霧

老子說不清楚的混沌
一整個世界，偌大的寂寞
你來岸邊，而我
正好走向月台
列車一一駛離了時刻表
再一次來不及道
再見

植被海岸

邊界

種子在飛行，仍然在
海與天的邊界，飛行鋪翅想成為
另一處海岸線，輕盈掠過，堅毅的延伸，我驚呼
那不就是，種子仍然想成為
過風雨，日照，星光
每一個你牽著我
美麗而堅定的停留

是你，我的驚呼，我的族類
母親的叮嚀。為了離鄉安居的彼岸

植被海岸，偶然是我們的不期而遇
記憶沿著記憶一路踩踏，海岸線剛剛才出發，螃蟹
還在蔓延向前，海鳥，足印
堅定的意志

這裡已是天涯邊界，靜默，我們
坐在一起，擁抱彼此的靜默
雲在高山上，伏地的牽牛花兀自盛放
空氣裡有巖石和海浪撞擊的聲音
植被海岸
那是我們無法說出口的
感傷

出發

每個夜晚來臨，纏繞
溫柔乳汁的藤蔓，纏繞母親有妳的回憶
乾燥的防護衣記載族性，唯母體已孕育成形
隨潮水漂散了彼此，母親
一路隔絕著海洋仍然保護我
最初的完整與堅實

熱情多雨的南洋海域，已經出發，終於離開
你才是我最初的植被海岸，陌生的島人說

直到死亡將我推擠
向另一處陌生的人生海域，沒有退路
光年之外，小小星子忽明忽滅

學習呼吸異鄉的氣候
土壤、生長的溫度，靜靜著根、匍伏
像內陸平原最溫馴的一處草皮
任人踐踏的青草本性
學習寄居蟹蔓爬　攀附
並且安居。在冷濕和寂寞的潮間帶
屬於母親的季節、流速和溫柔
一絲絲漂流，有你，另一處植被海岸

礫石堆

春天的溫度沿海岸線迅速爬昇
早已成為島人親切呼喚的乳名，我是
海岸植被，有你
瀰漫太平洋的海岸植被，曾有濃濃寒氣

天外的星子，漂流，植被在人間
保護海岸山脈，下一季的春天
最初的完整與堅實

這裡是閱讀世界的窗口，我們
伸長了頸項。以礫石堆為遠望的高台
唯一的窗口有海岸植被的高度
面向海洋的起點

風景

我沿著時間走，時間
沿著
億萬年的時間走
走過枯朽的石堆，走過
尚未成形
年老的岬灣
新的頁岩刻著新的故事
新的頁岩啃噬
新的故事
來不及碰觸
心的最深處，億萬年
走過

我沿著億萬年的時間走
來不及
碰觸你真實的胸膛
尚未成形
隨即老去

高粱田

前方不遠處，有人說那裡
稻米豐碩
花香與果粉
肆意
亂飛
沿著山谷，那是
穿越
風雨交加的夜晚
只要耐心等待，一杯
小酒，就能
流過喉嚨，卵石
成堆

流過家鄉，聽不懂的語言

在新店溪
火車就要駛離
下一座山谷
每一株金黃陽光，釀成
一個又一個沒有爭戰的午後
一杯小酒，靜靜
流過
時間
我終於會歌這裡的山歌
唱成一整座
初春的稻子
荒蕪的高粱田

月光

吹開
破了角的記憶
讓歌聲隨那微風
掀起了我的窗
小小夜曲
月光搖呀搖

悄悄走到母親身旁
母親的笑，流過
小河彎彎
水中央，母親的笑
野草搖呀搖
月光照亮了我的窗
月光
留在我的小窗
點亮了燈火，母親的笑
在水中央

扶桑

日出
雞鳴
一朵花開成一座
竹籬笆，籬笆的縫隙
秘密是埋在赭紅的土地
一條花徑，兩旁的扶桑
陽光依稀還有
昨夜星辰
不眠的微光
大紅花不在意我們羞紅的雙頰
輕易看到遠方的天涯海角

記憶
都有一座花園
我們在這座城市
正午時分，這座花園
相遇。秘密開始騰雲駕霧
流動的城市，你和我
和一朵花
我摘下了它
插在你鬢角
傍晚始分
花蕊
成灰

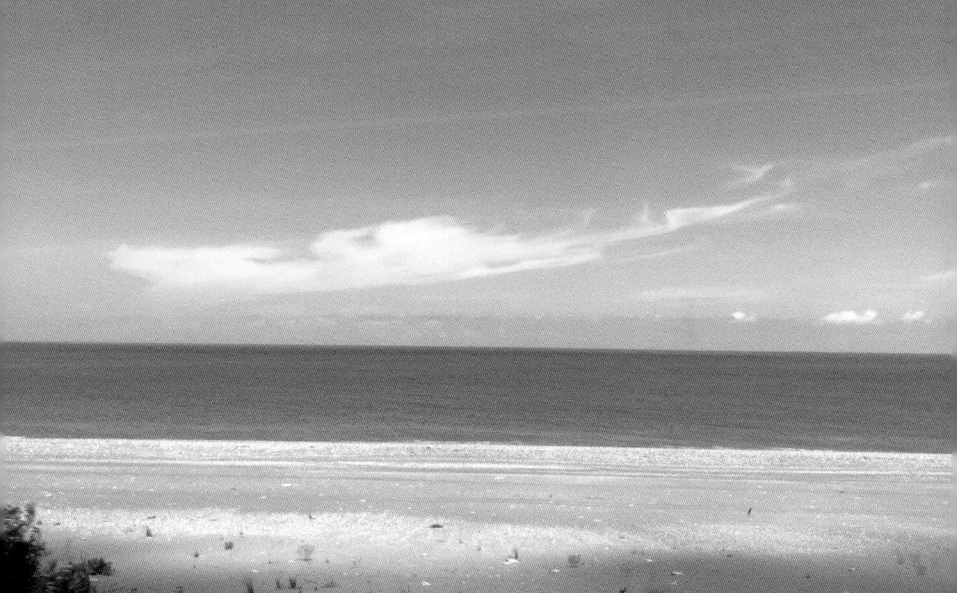

賦格曲

每一處土壤縫隙，都是
闇黑，都是雨露
一步一步，根鬚嚼食
地心

陽光、空氣
水，在葉脈間不停的
澆灌，命運的手掌
愈來愈漲大的知識與欲望
葉隙間，無法穿透的光
濃密的言語堆疊成
一地

陰影
傾斜的網，根鬚
不斷吸吮雨露
闇黑處
蜘蛛纏住僅有的生息
當人們看見花園盛放的奇彩
你只專心嚼食著，那泥土裡
翻攪的暗黑與狂熱

曾經只是一粒種子，那
記憶逐漸覆蓋

覆蓋成另一種記憶
不停重複，重複，那生命的豐潤
乾涸，陷溺與昇華
從這株到另一株，來回
直到
冷白的月牙
將一切
連根嚼起
裝進黑釉的花瓶
供人豢養

華麗巴洛克

你從南方前門走出
走進北邊另一扇門
伸手招呼前方的
雕像，正揮手
向昨日
告別

華麗的枯枝，秋風中
花園的左邊，燃燒
右邊的花園
回到初生，春泥的模樣
顛倒的季節，春日

翻飛的花蕊
花園左邊，也是
右邊的
花園
淡淡的紅光飄過
黑暗，將熄的炭燼散發
最後微光

夜的流蘇

夜總在你離開後
閉上眼睛
順著微笑
一路尾隨到夢境

記憶是永晝的燈蕊

窗口吹進你的呼吸
彼岸大樹夜夜庇護
開滿流蘇的月光
溫暖
纏綿

耳邊叮嚀叮嚀
我在樹下
靜靜
入睡

花事

盛放的榮華應聲
落盡
當我交給了你，赤裸
純樸。從此無須問候來者
花事未了
你說，四季如常

油桐花

一路有你
再驚嘆的修辭，再讚美的形式
都只是不屬於我
淨白如斯的華麗詩句
只屬於誦歌，給純美無瑕的天使

這一帶來回的人們呀
為我駐足的，超越擴大急流氾濫
唯有你，只為一朵
與我對話
一路有你
我甘願由天使貶凡為人
墜落成俗
唯獨我的下落，人們一概無所知
只在你佈滿路塵的窗前
一路
緊緊相隨

地圖

釘上各種顏色，每個可能
深植記憶的話語，標記盆地
每個隆起處，初生的心跳
一處河口，一張地圖
一部歷史

掛起一張地圖
我在每個傍晚巷口等你
專心聆聽任何可能
靠近
竄入
或是爆裂的聲音

一只圖釘和一只圖釘
慢慢標記，形成
這一天
你在城市裡可能的聯繫
任何未知的訊息

無法直擊你的生活
聆聽，成為判讀記憶的指南針
釘下任何可能的線索

無法直擊，截獲
先你到前方路口攔截你愈來愈快捷的話語
只能慢慢的聆聽，慢慢接近
當回憶的河口處有鸛鳥停駐
時間的十字街口，當淚滴落

任何可能的停駐
都是你存在的聲音
這座有你的城市
才能一一
成形

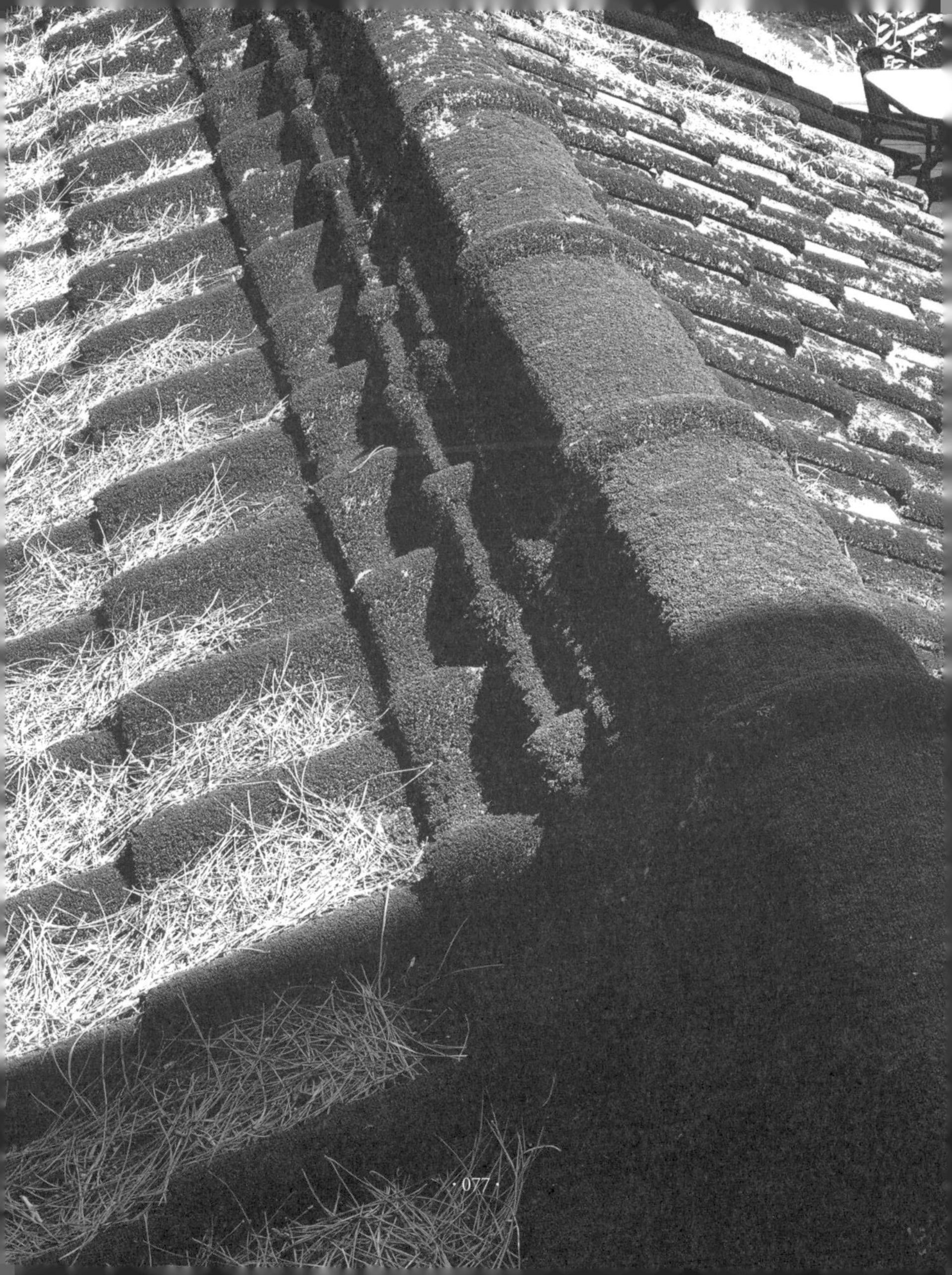

雪色

順著山峻已看不見路
雪還在飄著
不知
冬日已盡

松枝紛紛
剝落
為我鋪成一條小徑
等高線成為
最後的
堅持

春天
循著小徑，探查
下雪的消息
無人知曉的雪色清晨
腳邊滾落多少松果
南方有風
知更鳥的歌聲
穿梭林間
那些無人知曉的寂寞
隨時都要
消融

蒸散

抖落了一身
浪花
漁船已經出航
當夢境逐漸透明
地平線突然離現實好近
漆黑的瓶身，月光
不再
華麗
天亮之後，我將
一無所有
在凋零之前

一滴露珠
你照見我的嬌媚，傾心
我的柔弱
一瞬間
連陽光
都無法蒸散

揚波

星子們
還在想像彼方
光年外
最初的碰撞

長廊盡頭
時間的軸線
不知名的遠方
鐘乳石
一字
一字
譜成樂章

一一劃過山谷
星子跳起華麗圓舞曲
記憶著光年的秘密
當教堂鐘聲響起

航道

那是去年冬天
回航的洋流
為了魚群
為了某一處炙熱海灣
黑潮湧現處
霧起
陸地遠去
一任月光升起

浪在指間滑落
海平面隆起
沙漏兩端

總有些
無端擱淺的記憶
不屬於
潮汐

誤讀

當夢境穿過掌心
每一片葉子
都成了
一座森林

任何追求還是用飛的比較快
人們接近晴空勝過地心
再低矮的身軀
都要
學習閃電
每一片葉子
豎起耳朵

誤讀
風的夢境

當風和話語
都成為一座座森林
每一片葉子
還留著鹹鹹的海味
遠方的島
無法出海的淚滴

溫泉

在你的四周玩躲迷藏
厚實的胸膛
曲折的深巷，枯朽的牌坊
容許我
再多的流連和遲疑也終將回你的心底

一整架的葡萄，一隻會微笑的貓
還有那個初戀情人，你總是給我轉角的驚喜
埋在地心深處，你維繫著愛我的溫度，億萬年前
億萬年後。小心收藏著一顆星球的真心熱度
宇宙的光年也無法輕易
探究

當我說需要你，與你相見
你知道給我一池的月光
溫柔的撫摸。

夏天的晚上要為我吹起涼風
地心深處不輕易噴湧而出你的佔有
山色朦朧
不變的四季
花事

觀音座蓮

當一粒種子傾聽眾人的聲音
岩壁間滲出
苦海
無邊
趺成一座觀音，累數世不語

呀，很早很早以前
我們的世界
就是雨多，從來不曾自己停
不會回應任何泛濫話語
人們欣喜於發現
新物種，瘋狂命名

苦海依然豐潤
岩壁處
無名
綠意無邊

二、我的城蔓延你的掌紋

後視鏡

鮪魚吐司荷包蛋，番茄微酸，熱騰騰爐火烘焙之後
給你
一整身芬芳的擁抱
胸口溫度可以暖暖霧起的低氣壓
緊握早餐的指尖些許
失眠的蒼白。後視鏡穿透靜默空氣
眉宇之間兩行晨霧
正濃
地殼蠢動，儼然
山巒成型

陽光的眸子，一夜的心情

你在後座選擇闔眼，不語。看不清澄澈無邪
該如是觀
窗底有霧，清霧，開始飄落你我的距離
四輪緩緩驅動，這微涼的所在
開啟雨刷，那是
哼唱搖籃曲的前奏，聆聽
心跳般的規律呼吸
前方的霧一一散去。十字路口
有綠色的光

一路冷風拉著樹梢向黑暗大步靠近，緊握的方向盤
過山過橋一路顛躓，只為陪伴，只是陪伴
微微起伏是你，均勻的鼻息
青髭隱隱在霧中顫抖。是霧，可以穿透你，穿越
高高的牆，帶你在人間漫步。無法一直牽著你

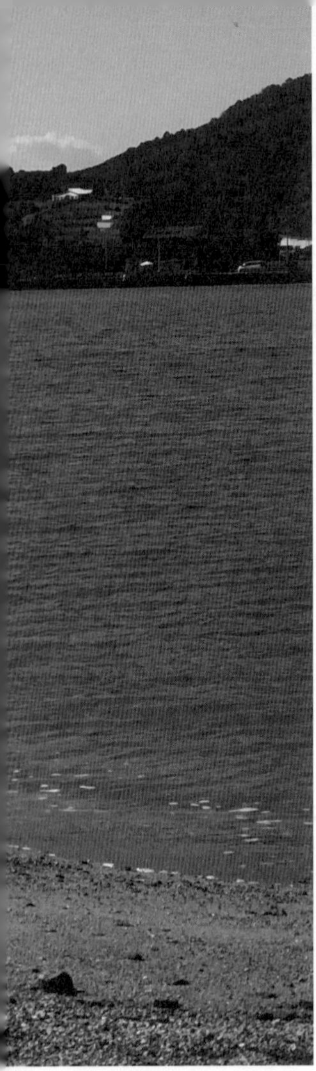

孩子，我只能專心注視前方，突然來臨的可能狀況
一路前行，小心翼翼
判讀迷宮城市裡詭譎多變的號誌和速限

我的大手曾是你小手的掌紋，牽著你一路前行
你的掌紋一一蔓延包圍我的城市，儼然是
另一座新興城市的地圖，屬於你的號誌和速限
有霧，微光
穿透和蓄積的能量，後視鏡和即將走出後視鏡的你
兩座城市的黎明

傷風

暮色燃燒海平面
兩顆熱烈星球，挨著月光
擔心她在黑夜迷了路
忘了給自己披衣
溫度破表

肚腹

水平線上
一顆隆起的地球
內裡傳來幸福的聲響
一聲聲精緻的韻腳
飽足的音調

藍色恰恰

窗是藍色海洋
有你的雙眼，在岩壁縫隙微笑
在小丑魚的青苔背鰭上
隱隱
作痛
親眼目睹爆破子夜
光明的古老燈塔
灰燼瞬間堆積成高壓電塔，高過七樓，高過你的海洋
嘶嘶作響不停
在你耳你的腮不停
說個不停
海嘯在部在海嘯來不來海嘯來不來，你的

藍色你的憂鬱還來不來
揮舞著雙臂，出生的鰭，你說
海潮與你都是不能預期的
驚濤巨浪，高過你的電塔，高過
苦難和一切法
等下一個海嘯來臨時，你都將
一一包容
俱回
塵土

擁抱

有些起霧的跡象，車窗外
我們的車窗裡

氣象預報
低溫，大霧
整個世界都將持續在大霧中
還不斷試探低溫的可能
還懂得偷偷鑽進
早已緊閉
車窗，然後是
溫暖胳膊窩
之後是我們火熱的唇

一早起來為你烘烤的溫度
舌尖，嗯，還是吐司
還是愛
你也不甘示弱
大大的手掌緊緊環抱
陽光，嗯，還是
整個春天
還是
整個宇宙

趁早

人面不識
以故事作偽裝
時間如果有表情
應該就是這樣

記得要在天黑以後
繼續我們的話題
逐漸模糊的天色
雖然話題的背景開始
轉變
開始看到月牙色
不是白日

清朗的青春
你說
天色終究會憶起
野鴿飛過的
一段時光
遠方仍然有光
時間必須
當歡聚即將熄滅
之前
一切請趁早
天空亮了
守了一夜的路燈
選擇
離去
你在巷子口慢慢地離去

心

四面都是落地玻璃
這難以捉摸的
光和影
想像和現實
透明冰冷的建築裡
住著
我最愛的寵物

孤獨的灰鼠
貪婪的
巨獸　和膽小的
大蟒蛇

外面的人們呀
看不透這建築
總稱呼這是恆溫的花房
有不死的蝴蝶和蜜糖
遂滿心等待我
無私的愛情與餵養

從光與影的縫隙中
探進兩隻厚厚的手掌
直到你的出現
分離光與影
真實的救贖
我的寵物
情感的草原上
永恆的放逐

天使

天晚了
山路是眼神的流連
微笑的兩端
微弱的呼吸
是你在我身邊的溫差

愛情

不管躲在哪個季節
你都能找得到我
循著雪線
融化雪線
找到春天的第一朵向日葵

不管世界多麼遼闊　自由
孤獨　是那麼迷人
意象朦朧晦澀　給詩人無盡的遐想
你說
愛情的答案
就只有一個

黑暗中的指引
你說
我的眼睛　是天上的星子
只為你閃閃發光

你是，我是

你是，我是
春天初生的菩提
溫柔春雨輕輕飄下，喚醒每一枝
出生的綠芽。你是，我是
輕輕哼唱初識大地的第一樂章
那戀人的歌呀，滴滴答答，藍天之下，碧草無垠
滴滴，答答，我們的歡唱
滿滿水窪子都是我們因雀躍而興起的漣漪
一圈一圈，航向青春的夢境
「那兒，真是一處沒有憂傷，毋需別離的應許之地嗎？」
你問起了我。

夜好深了
沉默不語的星子隨春雨
傾盆而下，嘩啦嘩啦點亮了一整個夜晚
我說：
「與甜美果實一起誕生的
將會是撼動大地的第二樂章。此刻，我們即將
迎接盛夏。閃電與風暴
愛，或者別離，今晚
必須紛紛落下。」
落在春日不願休止的漣漪，那些
漲滿了夢想的水窪子
一一鐫刻成回憶與年輪
初生的午後雷陣雨，一圈
一圈
航行的印記

露出

戀人的歌
滴答滴答
你是我是滿滿水窪子都是
模糊不清的倒影
人們的夢境
掛滿樹間
懸
而
未
決
星子沈默，我們便嘩啦嘩啦
傾盆而下

撼動的閃電撼動整個春天
初夏暴雨，那翌日陽光普照烏雲不見
那昨夜還沒唱完的戀歌
愛，或者不愛
今晚必須
紛紛
落下

昨日的窗櫺

城市向後退去
一扇窗
你還在揮手的模樣
順著鐵軌離開你
悲傷，可以越來越小

以至於只看得見
一扇窗櫺
我踮腳望向這座城市
那時的你還年輕
單手
舉起

四方的山巒。我說
給我崇高
你的背膀
看不清楚卻可以仰望的夢想
帶我行走山路的崎嶇
山好遠，卻漸漸真實

當我登上城市的最高處
移動的足印便
飄盪成風

快速通過你的擔憂

慢慢揮手向你道別
以為我真懂得向你解釋，這座城市
是紅綠燈的讀秒速度太快
再不跑快點就
來不及長大
電話費率太高
說話時數只足夠向你寒暄
從你身邊
長滿白髮的眼角
我迅速移動到下一座
我的城市
寂寞的旅行
山在雲霧間
失去
蹤影

旅行箱

所有的站名
跑離螢幕
掌紋清晰　展——開
但是，就要看不見海了
「時間從你開始」
佈滿皺摺的海

從那兒，我們攜手前來
回應
島嶼的承諾
一整座海洋
只裝滿
小小的一只旅行箱

蛇

和世界達成協議
地平線只是前世宿命
望見獵物
依然
挺立如山

那晚的美好

今晚的月色依然溫柔
摟著我的肩，撫慰
一顆想你的心
只要相信走到遠方
就會走出一條路

那天，月光還替我說話
你原諒了我
溫柔地摟摟肩，像初次
面對失約的我
路的盡頭，海洋多遼闊
和你揮別那晚的美好

我一直記得，每晚入睡
將你和月光一起入夢

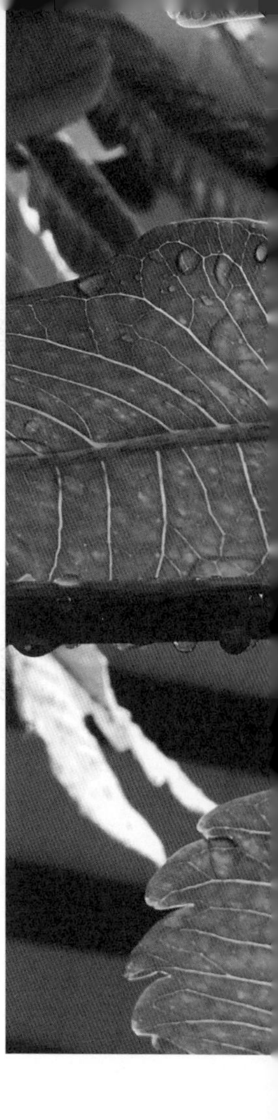

掌心

握拳的手輕輕舒張
初開的油桐
雪白如月

那揮手的姿態
瘟疫般
擴散
在每個想念的夜晚

平安信

平安。
你從南方寫信來

輕掩房門，燈下讀信
時間的彼岸
天平的兩端
你為我洗淨的碗盤

我為你打理的幸福
恰好正是掌心交握
共享的溫度

你為我寫詩的夜晚
起身打理為你煮飯
精算的卡路里剛好夠你
讀書寫作和思念。擷幾片
窗台的甜菊葉
冬日陽光和虛冷被褥相擁入眠的
渥壞裡
小小的甜菊葉正在發芽茁壯
每天都會記得準時澆灌
不用過多的肥料
無須鐵絲的綑綁
甜甜的香氣無處不在
綴滿切好的水果盒
讓你現實的沉重有輕盈的愛

省略了無法言語的憂傷
天平的兩端
無須衛星定位

平安。
短短二字
穿越地心直達
掌心

DARK LORD
OF THE SITH

行事曆

假裝時間可以
任由我們
擺佈
切分成許多塵世的沙
滴答滴答
我們聚沙
然後成塔
生命中最重要的部分
和往常一樣
走一條很遠的路

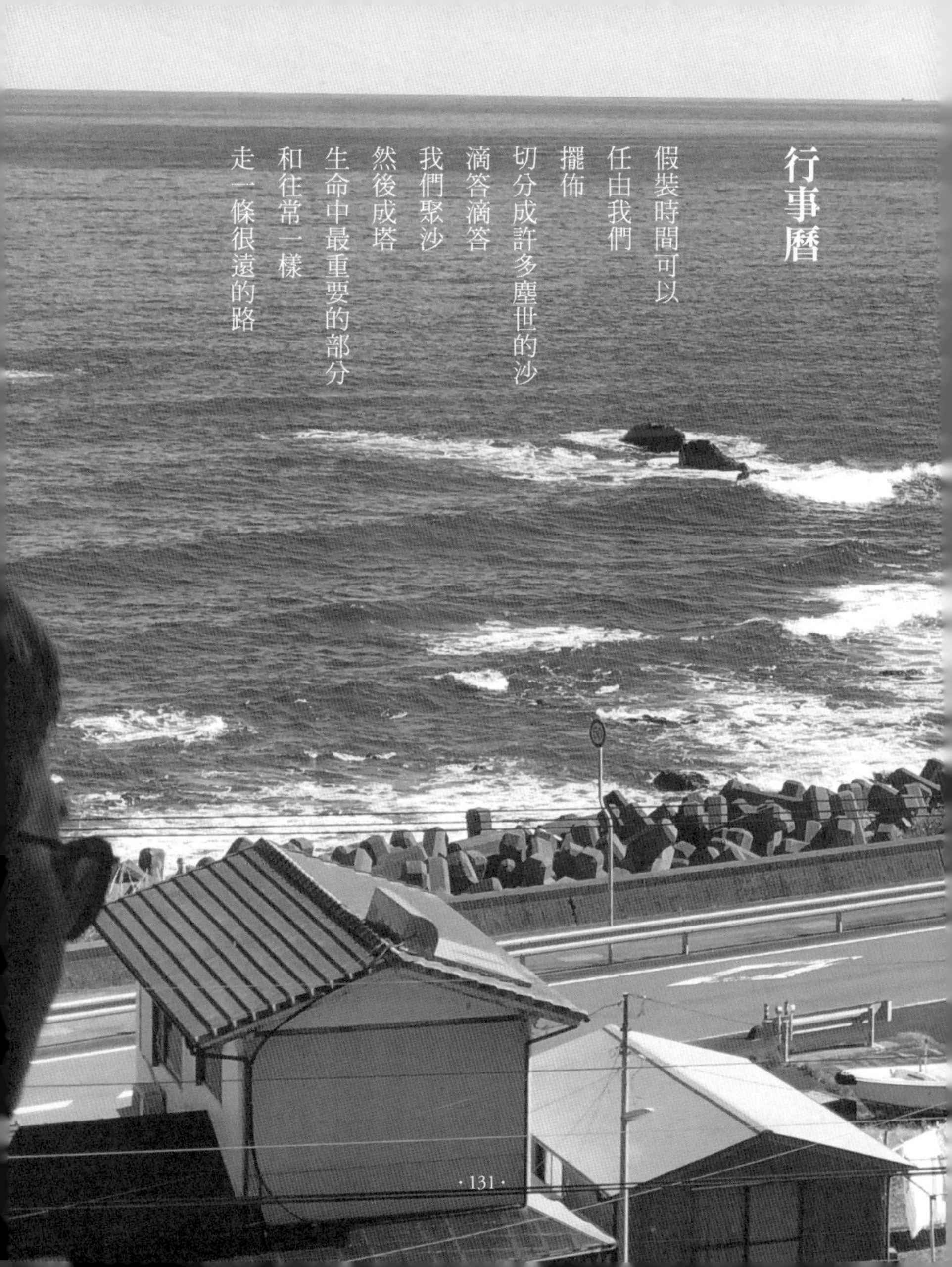

三、穿過潮間帶

藍夜

——給馬祖

走進祢的懷裏，每一個
安靜的藍夜
沒有燈
沒有
謎語，沒有眾神

時間
是島嶼的旅者
每一處轉彎
留下岩石
流沙
美麗的浪花，一步
一步
經過的腳印
從星星透嫩的笑容
走向少年
堅挺好看的胸膛
當城市的燈火，如
偉大的眾神
愈來愈
沉重
我在祢的懷裏，學習
慢慢行走

以後

——車行雪隧

記得一條河
河水暴漲的痕跡
記得漁人離家前
任何可能忘記說的言語
記得
雨落礁石
什麼都沒有留下的
記憶

使盡全力開始記憶
一片荒蕪

海洋之後

就要走進下一個短短長長的人生
我們的旅程到此不用漂浮
兩眼直視雙腳踩穩方向
交給雙手
需要控制速度學習
過去未來請保持距離
前方有光
照後鏡模糊
看到
就在這裡
指引前行的
路

海洋河流礁石不曾說的話語
以後
都成了一片荒蕪
生出的
花朵

夏日，在植物園

那一年，清晨突來的大雷雨
上課鐘響前，你我慌張如
爆跳的雨點

母親豢養的波斯貓，穿牆而入
與你錯過的陽光，才清晨便已老去了毛色
一起跌進的長夏，荷花池畔
習慣走廊奔跑，你斥喝我該慢慢
學習
像朵成熟的荷
我譏笑你
看你被爪子又抓成一道

又一道的難題，完成了數學習題十道，五百字的作文
恨死了六顆青春痘，且只能在私處偷偷寫詩
你該成篇的，一首五言絕句也好

老貓繼續揚起她鞭長的鬍鬚，微微張開雙眼，擁抱小貓
長夏的幸福，毛色時暗時明，隨夕陽的光影變換
夢境的顏色。夢裡，那一年
童年的小貓，我和弟弟
兩隻喜歡舔母親腳趾，卻愛暗裡四處撒野
指尖夾縫仍然洗不去，泥地的氣味

夏日的雨點，溫柔的飄落，如絲
那一九八四年的秋天
松果漸次的降落下來
貓兒揚起她細細的鬍鬚

雙眼拉弓成一個長長的幸福

他不認識歐威爾
只在農莊裡悠然閒逸地散步
毛色時暗時明
隨夕陽的光影變換夢境的顏色

時間搭一座長長的彩虹而來
其實，他也不認識時間
時間穿外牆而進，卻來不及與他近身
那一九八四年的秋天

PUMA

北海岸

你準備航向月光
有家的港口。灑下網狀的淚珠，帶著鹹鹹的風雨靠岸
妻兒相信，海洋的動物終究回到海洋
收拾起海平面晶亮的漁火，藏在夜裡無法闔上的眼眸
兄弟們，暫時揮別明天滿船的漁獲

回到陌生的雙人床

母親說，你出生於河口與海洋交會處
密密麻麻寫成字。夜晚來臨你習慣用漁火讀著海洋
潮汐的起落，漁人的別離。屈身聆聽，你像防風林
以葉尖溫柔梳理海岸線，順著金色洋流

再大的鋪天蓋地，再尖銳不安的風砂也能穿梭葉尖
強勁的海風猶在你眼裡來去自如
你仍然繼續閱讀，捨不得離開這溫暖的海域。
以堅固的船兒守候風雨前
溫柔的潮汐

趁颱風來臨前，就要暫時遠離海口
今夜你將繼續書寫，葉尖的聲音
案頭的漁火。不斷升起的記憶
河口與海洋
一切的結束與開始

淡海

就要颳起十級強陣風，關上臨海的落地窗
防風林子順著金色洋流，月光下，溫柔梳理著自己
葉尖密密麻麻，你習慣書寫海岸線的腳印。河口與海洋交會處
潮汐的起落，漁人的別離。一夜又一夜，讓屈身的聆聽替代防坡堤
冷峻的抗拒。再尖銳不安的風砂也能穿梭葉尖，記憶
自如來去。你仍然持續書寫，一頁又一頁
守候風雨前，溫柔的潮汐

颱風來臨之前，我就要遠離海口，回到熱絡市集。那裡
天空暫時放晴，當我們揮手別離，便不再需要撐起濕漉漉的風景
海岸線、消波塊，不斷升起我們記憶的河口與海洋
就要淹沒。這裡沒人赤腳走路，像個詩人更像隻白鷺鷥
當葉尖沙沙簌簌的聲音不再。那飛翔的痕跡，只留給記憶

晚安，龜山島

晚安，龜山島
在你的面前，時空
來去如浪，穿梭自如
魚群頗為贊同
夜晚就輕易地降臨
天空也就輕易地遺忘
白晝

旅人的來回車票和疲憊的眼神
穿梭自如，向你道聲晚安
那還未確定的靈魂卻向你搖手
不要說晚安，星空還是浪漫
入了眠，就得收起流浪的風帆

晚安，龜山島
天色漸漸暗沉，想念的密度
愈來愈高
即將駛離熾熱的白晝旅程
迎接
入夜
漁人開始想家

列車即將進站
旅人就要歸向家園
藍色的海洋堅持環抱島嶼的夢想
以遠望的姿態看著你
向你
說一聲晚安
一路蜿蜒
晚安，一段綿長的
夢境

潛意識

——給太麻里

願我們永遠年輕
每一次愛戀
都是
廣袤的起點
以潛意識潛進
文明不生的古道
洄游原鄉
那是浪濤與石頭的偎依
是愛的第一道曙光

歲月

——給大武

再多的跌宕起伏，終將
游回海口
我們穿越黑暗
一座座隧道
一一指向時間的起點
那是親潮與黑潮纏綿的所在
魚群在歡愛間洄游
環抱山海的故鄉
故事，從這裡
開始

豐饒的掌心

——給撒布優（sapulju）

我們都已來到這裡
翻越深谷，隨鷲鷹
翱翔，只為來到妳編織的夢裡
離開家園，前行的路一步
一步是吞吐
雲霧般的遷徙，步步
起伏有致。堅定
曲折，是妳的呼吸
聽見了嗎？我的歌聲，曾隨溪流
流經妳美麗雙唇
而今，我們來到了這裡

牽起彼此
將寂寞與荒蕪
一一還給
豐饒的掌心

節拍

——給阿朗壹古道

我們終於走到這裡
沿著一路
跌跌撞撞的山陵
來到礫石成堆的海岸
我們裝備齊全
擁有
充足而深刻的話題
一心只為
追到
海角天涯
當我們終於來到這裡

來到這一座
永恆之海
岩石的褶曲，數算
美麗的時光
一，二，三
我們的腳步聲
也數算著
濤聲的節拍

6

藍色水紋

——給金門

你的眼睛依然明亮
初生的嬰兒
襁褓在年輪底下
時間的秘密
藍色水紋
世界逐漸擴大的回音
漂浮的水草
林間狂歡的鳥鳴
漂浮的船帆
看見一座島嶼的身世
或者，禁錮的靈魂

湛藍的眼睛

貧瘠山嶺看不見
歡愉的果實
強硬岩石裸露血色傷痕
訴說故事的古老
你的眼睛，鹹鹹的海水
洋流靜靜淌過
藍色魚群
暖暖，時間的球面上
四季唱著流水的歌詠

依約
帶回春日的候鳥
沙灘的足印不再只是過境

記憶曾經
不悔的誓言
當藍色水紋商請海浪
洄游捎來原鄉的消息
我不禁俯身親吻
你的眼睛
島嶼，潮汐的訊息

昇平時光

黑暗裏
我穿過夢裡你記憶的縫隙
掀起　昨夜的窗簾

空了好久的故事
一整座星空的孤寂

寫下第一句字幕
月光穿過小巷，來到
日日夜襲的戰役
斷了訊的情侶
一次又一次

在無人的夢境裡
尋找彼此

座位第三排第二個位子
長滿鐵鏽的放映機
我在
黑暗裏

從夢裡飛出的
第一道黎明
好久不見
那些空無，卻
不曾停歇的
時光

神秘海岸

跟隨洋流
感知
季風的流動
海星群撫動食指
覓食之日常

活著，以陡峭的線條
孤獨而溫柔的堅持著
地平線下
海水終將退去
我們的日子
會是你們陡峭的

傷？

神祕的故事
在陽光曝曬下
竟成
骸骨的無言

海是遙遠的故鄉
在那裡我們溫柔潛航

良縁地

豎崎路

昨夜狂風驟雨
穿梭你多夢的眼底
一步步傾牆倒街
繞過時間
來到無人知曉的夏日清晨
趁你還在現實邊緣掙扎攀緣
沿石階一步一步
鋪天蓋地
一條又一條崎嶇小徑
山中都是
險境
時間的悲歌呀，驟雨將停

每個故事的結局
懸掛屋檐滴滴透明
滴落滴落
滴成你眼底的悲歌
等你轉醒
佈滿青苔的昇平座
早已遊人如織

新美街

無夢的夜晚
你貪欲又一個
完整的自己

軟軟的酥胸
軟軟的愛
植一株檸檬枝
把所有的自己都舒展完畢

舒展到海岸線
分割了海水
乾涸的大地與天空
來回

新美街
來回苦處與酸澀
一條小小盲腸
在彼端乾涸
在此端
綿延
愛與責難

那詩句的敘述者
把所有的自己
都延伸
殆盡

新美街
125巷

業時間

葫蘆巷

時間在巷子口
追著自己
所有的窗都推了開來
春天的夢流入
寂寞的角落

多一個下午
多一點音樂
那人
還在街角
多給冬天的海
一點歡愉的
情節

新化老街

蜿蜒的心事還給時間
生鏽的廊檐
穿透寂靜
只有夏日蟬聲
鳴向記憶最深處
那株
永不凋零的
玫瑰

末廣町

妳戴著貝蕾帽
眉宇結滿微笑的小水滴
那些大雨過後的水塘
我們的
愛與幻影

月光緩緩照在水波間
時間的皺摺
一朵花的夢境

一隻蝴蝶
向灰燼處飛去

水火同源

一枚烈焰
忽然嵌入我的胸膛
那深藍的心鐫刻寂寞的漣漪
明亮又溫柔的弧線
一寸一寸
浸潤著我的靈魂
當你在秋日清晨走入湖心
掬取
燃點
世界靜美
如一只琉璃

七股鹽場

微風輕輕出航的角落
又一遍
帶走雪白的季節
走失的冬季
沒有星星
回家的船帆
窺伺著時間永恆的倒影

東和鐘聲

（錄音／顧顧）

我們就到這裡了
樹葉就到這裡
隨風飄落
古老的笑聲
就到這裡
迴問最初
我們，就到這裡
唱歌
跳舞

ESCADAS DA
SÉ

四、詩歌來對坐

（曲／小實）

（MV製作／Mike）

大雨過後

（曲／小實）

——致白萩

微笑開始
起霧
微微的濕氣

水花停留
你年輕的鬍鬚
地平線以下
一瞬穿透的波光
這城市
曾經知曉

大雨過後
積水就要退去
一座又一座的島嶼
長回了雙足
忘卻漂浮
是誰
偷走城市的夢境

你的臉頰蓄滿鬍鬚
迷路的烏雲
鯨豚的呼吸

大仙寺
西方貝葉真經總不出戒定慧三條法律
南海蓮花妙相也只消聞思修一味圓通
大振三通鼙鼓驚動靈山方外客

孤獨

（曲／小實）

——致陳秀喜

坐在大樹下
任葉脈在血液裡
無限擴展
一條又一條歲月的河
流動的靈魂
靜止的島
你沉思的倒影
細數著月光

出海口（曲／小實）

——致蔡素芬

陽光長了稜角
在平靜無波的潟湖上
專心切著黑影子
一扇捱著一扇
鹹鹹的窗櫺

你說，故鄉的天光
曾經雪白無瑕
可惜聽故事的人習慣結局
這世界需要邊際
切了邊的
風景

時間走來又走去
切分
空無與記憶

你從遠方
寄了張明信片
充滿邊際的世界
故鄉的風
輕輕
降落夢境
唯一的出海口

台灣鹽博物館

燃燒的花蕊（曲／小實）

——致楊熾昌

上帝的恩賜
日日洗亮城市的哀愁
陽光正好，你在
河彼岸
望見這一片綠海

綠葉覆蓋綠葉，覆蓋
日復一日的輪迴
好大的宇宙，一棵棵
鳳凰木
一雙雙垂憐的雙眼
垂憐的雙眼，高掛枝頭
羊群安靜經過，沒有
驚動
孤獨無助的雁
沒有一隻蝴蝶自空中墜落
陽光正好，一切完好
你在河彼岸

河彼岸
在無人的夢裡
覆蓋綠葉

覆蓋
死亡
燃燒的花蕊
靜靜墜落

上帝垂憐的雙眼
你在
河彼岸
望見這一切

荒原

（曲／小實）

——致葉石濤

秘密流竄
時間的祕密曾在整座城市
隨風翻飛

曾棲息在鳳凰木花絮
一些聃美的手勢
急著冒芽
秒速成林
轉動年輪年年唱起
火紅的歌
那是北國雪歌

你將孤獨留在小巷底
鎖進抽屜無人知曉的祕密

駝鈴咚咚沉重的撞擊
時間沙漏幾度傾斜
匆忙的腳步小心就要沉淪
一滴一滴
撞得整座城市
氾濫成
記憶的荒原

時間沙漏
一點一滴埋葬秘密
一座記憶的荒原

秘密
跳過了這座城市
以旅人的地圖

佯裝秘密
春天駝鈴咚咚沉重的撞擊
撞得整座城市
沈入
寂靜的核心
你的孤獨鎖進抽屜
無人知曉的巷底

玫瑰（曲／小實）

——致楊逵

我的玫瑰寫在大地上
一座孤巖，長成
時間的模樣
拾起
破碎的星光
每一盞燈，都是
看不到的方向
等待日出，那是
我們的家

隨我一起遠眺
家鄉

親愛的家鄉，你
是否無恙
浪花在夢裡發著光
綴起
思念的方向

我的玫瑰
寫在每座孤島上
寫成
一整座山川與海洋
山風吹不倒
悲傷
堅定如刺
朵朵
盛放

想飛

（曲／小實）

隨你　穿過荒原
你的腳尖劃出的天的弧線
輕盈草間　斑駁牆垣
你說你
想飛
遠方　棲居的島嶼
荒原深處　那月光
映照著你的雙眼
我聽見　海潮
風
穿過林間
你想說的　此刻
我都聽見

逆思

（曲／小實）

請讓我回到那年春天，一張
平靜無波的臉
回到浮萍佈滿無根的心
回到那個不曾遇見你的
優游遊蕩的尾鰭
只是擺盪
如鐘擺只會訴說著時間的節拍
只有
水紋的記憶，那片不曾遇見你的
透明湖心
那時整座湖面如鐘面般
前進的漣漪

呀，一圈一圈，一任時光圈住自己
直到遇見你，放棄天空寧願
掠奪每一個水紋。每一個鐘面
讓整座湖，都收在你的
眼底，漣漪
成了你眼裡試探的風暴
那回不去的春天
那回不去的
佈滿浮萍
無根的
湖心

對坐

（曲／小實）

從一個人到一張椅子
從一張椅子
開始
和另一張椅子交談

一個人和一個人的故事
昨日天空
一朵雲
複製著另一朵雲。一座山
練習
成為另一座山的崩落
而遠方角落，一張椅子
複製每一張椅子

明日即將
誕生的
空無

冬雪

（曲／小實）

冬天的第一場雪
安靜降落，你的眉間
大地正沉睡
在夢裡
夢裡的森林還是春天
總是霧總是霧
你均勻的鼻息
是熱帶的季節雨林
溪水總在歡舞，奔湧向
夏天
聽不見大地
乾涸欲裂

無法停歇的青春小鳥呀
當冬天的第一場雪
自山頭開始
依然在你身邊
擁你入眠
等待
山頭第一株春櫻

＊本詩收錄於《好天氣從不為誰停留》

聽見

（曲／小實）

我聽見風　穿越時間和迷惑
你的呼吸　海水鹹鹹溫柔
風沙吹過　山不再輕言承諾　誰能相信
一波一波是守候

有你的港灣　地心深處好溫柔

我願相信你的背彎
靜靜守候潮起又潮落
我願相信
沙灘每一個腳印
風吹不去每一步靠近

我聽見你　每個腳步都溫柔
你的守候　相信
溫柔是承諾
生命走過
我們不願說承諾
只願相信　雙手緊握是守候

倚靠你背彎　聽見地心好溫柔
碧海藍天　走過春秋
靜靜守候　眼底你和我
碧海藍天　不見
孤星和殘月
誰去數潮起潮落

晨霧

（曲／小實）

從不問　生命是霧還是風
隨陽光舞動　自由
不期待　每個春夏秋冬
直到遇見你　看見自我
我願　潛入寂寞隨你去夢遊
原是自由原是風只想為你看不透
請你　推開窗扉迎風飛

隨你　隨你擱淺海角和天邊
當霧散去放棄自由那是我
夢落時　當你
睜眼願是你的淚

天亮了　陽光走進窗口
指尖透明珠兒　那是我
想成為　你眼底一陣風
願隨你輕輕飛　不願散落

我願　潛入寂寞隨你去夢遊
原是自由原是風只想為你看不透
請你　推開窗扉隨風吹
隨你　隨你擱淺海角和天邊
當霧散去放棄自由那是我
夢落時　當你睜眼為你拭去淚
迎向陽光
永恆的寂寞

遊樂園

（曲／小實）

妳不愛　咖啡沒苦味　喝來像水　不夠味
睡不著　偷喝妳的味
咖啡杯　旋轉的畫面　一圈一圈　都是妳
我沉醉　杯裡妳的甜
想帶妳去夢遊
讓妳追逐太空飛梭
我知道　妳的愛閃爍　不相信天長地久
旋轉　旋轉　旋轉
讓妳相信有期待
旋轉　旋轉　旋轉
愛是奇妙的依賴
妳會知道我的愛

看著妳　我的妳　牽著妳
讓我轉不停　我願意　陪著妳轉不停
妳是我一顆恆星
旋轉　旋轉　旋轉
讓妳相信有期待
旋轉　旋轉　旋轉
愛是奇妙的依賴
旋轉　旋轉　旋轉
妳會相信愛存在
旋轉　旋轉　旋轉
妳會知道我的愛
愛是溫柔的依賴

螢火

（曲／小實）

請你　關上世界的窗
想念某個遠方　你好嗎
我點亮　夜空閃爍星光
某個相遇時光　在前方
某一個深夜　我的歌
你輕輕哼出動人旋律像呼吸
微風輕輕吹　螢火點點
連星子都偷偷眨眼　億萬光年
我想　螢火是你的眼
星子是我的心　靠近
那天　你寫了一首歌

說著我的故事　好孤寂
你說你　螢火點燃夏季
天空遙遠冬季　太冷清
某一個深夜　你的歌
我輕輕哼出動人旋律像呼吸
微風輕輕吹　星光點點
連螢火都偷偷舞著　沒有黑夜
我要輕輕哼著　你的歌
我一字一句還試著了解你的愛
我願輕輕數著　你的節奏
你眼裡星圖畫出我的路
我願　螢火是我的眼　星子是你的
心　相偎依

誓約

（曲／小實）

夏末秋初之時降臨我們這座島嶼
依約而來的強颱
帶著九級陣風
以及暴雨
在山川與海洋間穿梭
你熟悉的狂熱靈感是我夏日的呼吸

為我寫詩
風雨的筆觸儼然你前世的記憶
這充滿回憶的大地
傷痕纍纍後會看見彷如新生的嬰孩
那嬰孩還在母體的黑潮裡泅泳

為你睜開雙眼揮動雙手
瞬間振翅
化為灰黑的暗光鳥飛向海岸

站在潮間帶
聽到哭聲和笑聲都飛翔在立霧溪口
該沉澱的都已蛻為山脈的低谷
該流逝的都將一一流向海洋
潛伏的礁石、肥美的魚群仍在

暗光鳥縮起右腳沈默睡去
覓食後安靜的休憩
你寫的詩裡
山也靜好，海也靜謐

習慣點讀你寫給我的詩句
風停雨息之後
我知道
再多的諾言在詩裡
都成了山川與海洋
如是遠觀，所以靜美

河流

（曲／林育誼）

不曾記得
這條河是這麼的洶湧
曾經母親牽著我的手
我們在河邊散步撿石頭
流過家門口的小河
曾經是那麼溫柔
那麼無憂
我的憂愁戀歌妳都聽得懂

不曾記得
這條河流是這麼的憂愁
父親將我放在他的肩頭

我們在河邊聽風溯上游
流過森林裏的小河
曾經是那麼神秘
那麼清幽
我的寂寞眼眸你都猜得透
當我離開故鄉
遠方的姑娘正在等著我
我不曾回頭，以為河水
永遠溫柔

不曾記得你是那麼的寂寞
曾經你是我日記簿裏
整個宇宙
無情的雨不停打在你身上
你的神秘終於決堤 你的溫柔

充滿憂愁
星空的倒影不再耀眼
青草的香氣漸漸枯朽

當我離開故鄉，遠方的海洋
正在呼喚我
我不曾回頭，以為河水
永遠清幽

和み地蔵

附錄

冬雪

作曲者　高紹恩

冬雪，我與詩人顧蕙倩一起合作的曲子。

描寫著冬天的寂靜感，從中引申出對於愛情的不確定性。夢裏的森林還是春天，示意著，夢中的美好時光還在持續著，再以總是霧來描繪一切都是那麼的朦朧。

溪水，總在歡舞，導出內心的翻騰以及期待。以無法停歇的青春小鳥來感嘆已故的青春。

末段說出等待山頭的另一株春櫻，帶出自身對於愛情的期待。

鋼琴以重複性的方式，象徵著冬天的雪是如此的穩定而幽靜。聲樂以Wu的方式呈現出自身緩緩地走在雪中的情境。

17小節以轉換節奏的方式，引導著聽眾進入到急促之感，用以呈現暴風雪之感。

B段以聲樂唱出自己內心的感嘆，並以乾涸欲裂來呈現內心的喜悅隨著溪水，漸漸地消失。

冬雪

詞-顧蕙倩
曲-高紹恩

Andantino ♩=52
Soprano
Piano
p
4
S
sotto voce
Wu
p
f
Pno.
7
S
pp
mp
冬 天 的
Pno.

S
Pno.
port
第一場雪 安靜降落 你
的眉 間 大地正 沉 睡 在 夢 裡
夢 裡 的 森 林 還 是 春 天
cresc.
accel.

S
總 是 霧
總 是 霧
Pno.

24
S
port
總是 霧
Pno.
27
Wu
你 均匀的鼻 息
32
是 熱帶的季節 雨林

36
S
Pno.
37
溪 水
總在歡 舞
40
奔湧 向
夏 天
聽不見

S
(聽不見)大 地 乾 涸 欲 裂
Pno.
無法停 (無法停)
(無法停)歌 的 青 春 小 鳥 呀

S
Pno.
當冬天的第一場雪
自山頭

S
Pno.
開 始 依然 在 你 身 邊 擁 你 入 眠
等待 山 頭 第 一 株 春 櫻

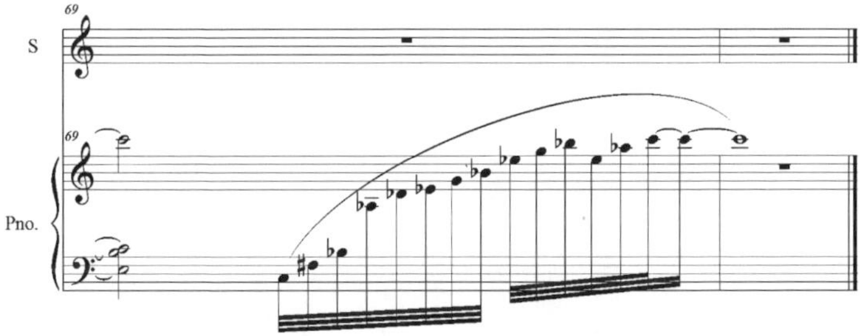
69
S
69
Pno.

這本詩集的完成，感謝好朋友們以美好的樂曲、影像與我對話。

陳嘉瑀，現任頂尖國際音樂製作人、大千廣播電台DJ、福茂唱片詞曲創作人。榮獲第51屆廣播金鐘「單元節目獎」。音樂文學專輯作品製作《逆思》、《離人島》；與攝影師沈駿璿合著跨界攝影詩集《誰打翻燈塔任思念東湧》。

林育誼，國立交通大學音樂碩士畢，現任『聲想音樂工作室』音樂總監。愛好自由、喜歡新事物的探索與跨界合作。個性中湧現音樂人的細膩感受與工程師的理性邏輯。專長：影像／戲劇／繪本／廣告配樂、流行編曲。

駿仔Mike Shen，朋友說你到底在做什麼？我說：4/1經營健康管理顧問公司。4/1經營樂團跟硬體公司。4/1管理藝術藝人經紀。4/1從事商業行銷公司。整體來說：我永遠讓自己走在自己喜歡的道路上。

高紹恩，現就讀國立基隆高中音樂班，主修理論作曲，師承陳家怡老師。亦喜歡文字創作，音樂作品風格結合現代與印象樂派等，著有冬雪一詩「聲樂曲、雙鋼琴」之作品等。

國家圖書館出版品預行編目（CIP）資料

詩歌風景來對坐 : 我的城蔓延 你的掌紋 / 顧蕙倩著 .
-- 初版 . -- 新北市 : 斑馬線 , 2020.02
面；　公分

ISBN 978-986-97862-9-4（平裝）

863.51　　109000273

詩歌風景來對坐：我的城蔓延　你的掌紋

作　　者：顧蕙倩
攝　　影：顧蕙倩
總　　編：施榮華
封面設計：吳箴言
協同合作：陳嘉瑀（小實）、林育誼、駿仔（Mike Shen）、高紹恩

發 行 人：張仰賢
社　　長：許　赫
出 版 者：斑馬線文庫有限公司
法律顧問：林仟雯律師

斑馬線文庫
通訊地址：235 新北市中和區景平路 101 號 2 樓
連絡電話：0922542983

製版印刷：龍虎電腦排版股份有限公司
出版日期：2020 年 2 月
ISBN：978-986-97862-9-4
定　　價：350 元